बेपरवाह कलमे

Pens that don't care

Published by

Beparwah Kalme

Edited by Neha Yadav

Published by : Poetry World Org.

Publisher's Address : Haryana

Printed under PWO in India

 Special credits to Tanishi, Pragya Sankhala, Kanupriya, Sheetal Yadav, Dr.Niveditha and Dr.Nitin chopra.

Edition : I (2021)

ISBN (Paperback) - 9789390724802

Book Design by POETRY WORLD

बेपरवाह कलमे

Pens that don't care

Compiled and Edited By

Neha Yadav

An existentialist and sprouting writer, Neha Yadav is a girl from Gurugram city of Haryana. She is a B.Ed. second year student. She writes to convey emotions and finds solidarity in Coffee brews. She believes that every emotion has a story to tell and strives to bring out that story to the mortals. She writes and firmly believes in bringing world to the Change rather than the inverse and profoundly works for the same. She is a co-author of 10+ anthologies and compiler of 4 anthologies.

INDEX

Apoorba Chaturvedi

Journey

Permit me to experience my life from year to year,
Amidst promoting dignity and an un-reluctant soul,
Not running to nor returning from the goal,
Not yearning for the people that disappear,
In the shadowy past nor believing back in fear,
From what the coming covers but with a whole,
And a merry spirit that pays its toll,
It is a journey to Adolescence and Generation,
Travel on by cheer,
So let the trail blow up the rise or down,
Over bumpy or even the journey of survival will be joy,
Still exploring what I endeavoured as a boy
A unique understanding of high venture and a crown,
My soul will celebrate the bravery of the quest,
And believe the road's closing turn will be the best.

Astha Tiwari

The Unfelt Words

A cactus thorn stung in a conversation,
we were unable to feel that anger had overtaken us,
the tongue slipped, twice, thrice and numerous
times,
dig deeper grave in the pumping beats,
we get shattered in a speech,
it wasn't the fault of you,
it was you , who took it for granted,
the yonder vocals that came out once,
weren't even replaced by apologies,
we never felt, how we hurt,
it always became a debate to be won.

Bhaargavi Dwivedi

Comb At Depression

Depression and sadness are often considered to be same but in actuality both are very different in nature. Sadness can easily be converted into happiness in sometime, on the other hand depression exists for a prolonged period. To combat this issue of depression we need to understand the root cause of it and the correct meaning of it. One should not be hesitant while discussing this with parents because they understand you better than anyone else. Yoga and meditation certainly help as it refreshes both, the mind and the body. One should converse with people who give moral support and motivate you in every step. Losing hope won't make you feel better as this situation would not last forever. Consider yourself as a fighter and remember this always, as this phase will pass, regain the confidence and rejoice again.

Devyani Neral

Edge of Blade

Poem of a pencil with sharpener.

I can write billions of words,
But who will write about me.

Who says, that pain will lower you?
Ask me the secret of my edge.

Fallen particles will narrate my story.
Scrap will depict my life.

On the edge of blade, I sharpen myself.
Glance at me! You will see my sharpness.

No matter how many hardships you face, you will
rise and will write a new story again.

Should I blame the blade for the pain?
Or should I praise the blade for the edge?
Choice is yours.!!

Gurleen Kaur

Finding You

I daily try to find you,
In those drops of dew,
Which touch my feet when I walk,
I find you in people's talk.
I see your shadow in that water,
Which makes my heart shatter.
Daily, I see you in the moon,
I know you will meet me soon.
Those drops of rain,
Give rise to my pain,
It revives every memory,
I see them little blurry.
I remember that love,
Those beautiful promises,
When we hoped of being together.
I am finding you inside me,
Because you still live in my heart,
I know you are always standing beside me.

Harshita Verma

Dream To Rise

Let the dream come true,
The dream of being able to soar high
The dream of being able to fulfil goals
The dream of being what the small girl in me wanted

Let the dream come true
The dream of living a life according to my choice
The dream of living in the world full of love
The dream of achieving what I wanted

Let the dream come true
Of those who suffered but still have hope
To rise and live a life of their choice.

Jaishree Sahu

Blessed

The haze of happiness,
Comes with the dramatic sun.
By chasing the rays,
That whispered in my ears.

The fairy god of heaven,
Spreads the epitome of love.
And blesses me to live,
For more than a thousand years.

Khanida Firdose M

Motivational Quotes

People have a problem with your every problem, so just worry about your own problems because most of the people have the tendency to look into other's problem rather than their own.

***

Today's society judge your smartness by the way you lie, cheat , taunt and escape from the goodness.

***

Nobody is flawless in this world, it's the flaws of a person makes the other person as flawless.

***

Sometimes your patience can ruin the situation because sometimes it's " Now or Never ".

***

It's never too late to get up, dress up and try again.

***

A perfect soul with imperfect body is far better than an imperfect soul with a perfect body.

***

Koyel Saha

Everybody needs a 'YOU' in their life

I am blessed with my family and a great number of 'good friends' at present but all I lack and need is 'you' among them. This 'YOU' doesn't necessarily needs to be someone of opposite sex or someone whom you can call your boyfriend. This 'YOU' is someone special, who is more than your friend and much different than your boyfriend.

It is your comfort zone, it is your shoulder to cry when you are sad, it is the hands that you want to hold when you feel weak; it is the number you dial when you are into some problem. It is the name that comes to your mind when you are tensed, it is the name that comes to your mind when you get some news and want to share it, it is that someone who is a part of your bad news and equally responsible for your good news.

It is that "You can do it" when you are low with motivation. It is that "Nothing happened, I am there, tell me everything when you feel right", when you are depressed and frustrated....

And last but not the least it is that person who makes you feel complete when you are not at all complete..!!

Mach Joke

Book Play - like Mentor in my life

Chance to meet you at the day,
When I read the book for first time.
Words of thoughts ready to say,
With line by line into the rhyme.

Go through it and read to really;
Like a friend to find myself naturally,
Beautiful meanings inside your pages,
Like a bestie with you at stages.

Expected things comes flow-ly while turning.
Side topics of sorrows to get buried,
Quotation reveals the ideal of content;
Describe the happiness to find the intent.

Tale of love to the tears of feeling,
Contains very deeply like a plain ocean;
Like a friend's stress and fears by sharing,
Every minute to take over at that livin'.

At last to read it completely for next,
But never change the way of approach;
Option can be classify by your text;
Mark out to deliver the significant speech.

Naman Dave

Together forever

You turned my darkness into lights:
You made everything all right,
You picked me up when, I was down:
You always understand me in every matter.
Your love and eyes tell that we are together forever!
When I needed you the most, you were there:
Even if it seemed like you didn't care.
When I don't think, I could make it another day:
You change all my doubts away
Love, hate, argue or dreaming, I don't care
whichever, because
I know we are together forever!
The world is full of many people, it's true
But these is only one of you,
You feel my heart with love:
You're a God-sent gift from above,
Maybe opposite attraction work, see I am stupid and
you are clever
Now you know why I wanted to be with you forever!

Lost and alone. I will no longer be:

Because you are here with me,

There is no reason to be sad:

You taken away all my bad,

Sometimes good ,sometimes rainy, sometimes calm

our love is just like weather

Like moon and Night we are together forever!

There must been someone else better for you:

But, you define me as the best.

Nitisha

I Want You

I don't want moon and stars
I want you as a universe of mine...
I want you in my ups and downs
You are my happies..
I don't want flowers and chocolates to fresh up my mind
I want your smile for making myself merry.
I want you in my splendid moments.
You are my soothe.
I don't want long rides and late
night ice-creams.
I want your hand in my hands.
I want you for making me complete.
You are my sweet slumber.
I don't want candlelight dinner and surprises.
I want your homemade Meggie.
I want you in my wishes.
You are my best decision I ever made.
I don't want late night replies and text.
I want your loyalty.
You are my soulmate.
I don't want pictures and dates
I want your memories with me.
You are my beautiful present.
I don't want moon and stars I want you as a universe of mine.

Pallavi Gijre

True Friend

We met casually as classmates,
Never thought will become such close friends,
When I saw you for the first time, you were so rude,
I thought you might be mean and also quite cruel,
Found some similarities between you and me,
Got to know a lot about you and became your friend with whom i can talk free,
You are actually not a bitch but a true friend of mine,
Our friendship is like a perfect date with red wine,
I need not to be formal with you,
And still this friendship is so wide like a bird flying in the open sky which is blue.
I like your straight forward nature, and the fact that you are not a sheep in a crowd,
But an identity who never afraid to speak front and loud,
You are actually so talented and a dictionary of mine,
Stop underestimating yourself, you are so pretty not just fine.
No matter what people think of you in their mind,
I just want you to not change yourself even a bit for a while

Prachi Gupta

Quotes

My life is not so serious and not so funny, but it is running as, I balance it properly.

***

It is an era of jealousy, hate and stag with the plastic of love and care.

***

No one really cares for you until you leave them.

***

Pragyan Panda

Smile : the charm of face

The charm of face;
To the worst strife days.
The reflection of merry,
To the days without worry.

The glow of success,
A final outcome of patience.
The envy for the frustrations;
A must to be carried for occasions.

The best therapy of disease;
Makes life smooth with ease.
The daily dose of celebration,
A best support in lonely vacation.

Smile and the whole world smiles with you;
Because in the busy tedious journey it's for few.
So face everything to enlighten!!
And smile out pain to strengthen.

Shreya Verma

I am weak

Yes, I am weak
I can feel that but can't speak
I get hurt in a second and cry,
Before anyone sees me , my tears get dry.
I usually stay late at night..
Just need some space or hoping for a light
Yes, I am weak
I can feel that but can't speak..

Yes , I have curve and double chin,
Neither I love nor hate my skin
I get attached and detached soon,
Some says I'm alluring , some says I'm like craters on moon.
Sometimes I love myself, sometimes I hate
Sometimes I admire and sometimes I lose faith.
Someone loved me, while some betrayed
I know I have my different shade
At last I am emotionally weak
I can literally feel that but can't speak..

S.Varsha Varthini

Escape

Giggles all over
Landed with trip of dreamy land of New York
Glitters around with skyscrapers
Buzzing voices and crowded bees
Young and colourful everywhere
Each step of mine took pride
Blushes in faces... Flying car in doorstep
Clashes of people with busy buzz
Saw a drop of water in a tap... Drops little by little. . .
Each drop crystalized my face
Sudden tap in my back... Friend called me...
Visualize the classroom
Professor lecture buzzing in my ears as "adventures
of travel your dream city...
Escaped from reality
Add spice to our monotonous boring life"
Professor shouted at end of class
I smirked... My friends giggled.

Anuja Singh Sharma

तेरी मौजूदगी

तेरी मौजूदगी

कुछ तो नशा है तेरी मौजूदगी मे
कुछ तेरी साँसों की ख़ुमारी है
फ़क़त तेरे छू लेने से टूट के
बिखर जाता है सब्र मेरा
तेरे प्यार के इत्र मे डूबा है
हर क़तरा मेरा
तेरे ही ख़्यालों मे मेरे होश तारी हैं
कुछ तो वफ़ा है तेरी मौजूदगी मे
करता वक़्त भी बेवफ़ाई है
तेरी बाँहो मे ऐसा लगता है
पूरी रात चंद लम्हों मे गुज़ारी है
जिस तरह सूनी रात के माथे पे चाँद
चमकता है
तूने अपने होंठो के छुअन से मेरी माँग
सँवारी है
कुछ तो असर है तेरी मौजूदगी मे
तेरे होने भर से मुक़म्मल ये ज़िन्दगी
हमारी है

Deo Prakash

नारी

ममता की मूरत हैं वो,
प्रेम-करुणा का सागर उसमे बहता हैं,
जो कहता नारी को अबला,
उसे जन्म देने वाली भी नारी हैं,
ये क्यों भूल जाता हैं,

दुख-दर्द को ख़ुद सह लेती,
माथे पर शिकन न आता हैं,
जिम्मेदारियों से मुँह न मोड़ती,
फिर भी क्यों अपमान होता हैं,
नारियों से क्यों दुराचार सा व्यवहार होता हैं,

घर मे अन्नपूर्णा तो,
युद्ध मे काली बन जाती हैं,
जिसके एक रूप मे अनेक स्वरूप बसता हैं,
ईश्वर का वास भी वहाँ हैं,
जहाँ नारी का सम्मान होता हैं,

Dhruv Jain

हक़ीक़त

क्या अंदाज़ था उसके प्रेम मे,
सोचा कि सच्चा-प्यार होगा उसके दिल मे,
रखा उसने मुझे उस धोखे मे,
और बोलती थी कि चाहती हूँ सिर्फ़ तुम्हें ,
अब क्या करे जताया भी तो नहीं जाता अपना दर्द,
इसलिए सारा दर्द बता देता हूँ अपनी शायरी मे।।

Firoj Annisa

मेहनत

अधूरे लफ़्ज़ों मे छुपी पंक्तियाँ ,

गहरा मतलब रखती हैं।

हमारी हार मे ये ताने बनती हैं!

और जीत मे , तारीफों का बहता

झरना सी लगती हैं।

जीतने वाले के क़िस्से ,

पूरी दुनिया सुनती है।

पर गौर से सुनना

हार कि कहानियाँ मेरे दोस्त!

ज़ेहन मे हौसला भर दे ,

ऐसी क्षमता रखती है।

लक्ष्य पे निशाना साधे हुए ,

तोड़ दो समय की पाबंदियों को।

शिद्दत कि आग ऐसी लगाओ

कि ज्ञान का समन्दर भी कम पड़ जाये!

तुम्हारे मंजिल की प्यास बुझाने को।

दुआ माँगते हो की...

ज़िन्दगी फूल सी हसीं हो जाए ।

शिखर पर पहूँ चने के सपने सजाते हो ...

जिसे जमीन छू ना पाए ।

पर जनाब!

फ़ूलों को तो मूर्ति और जनाज़े

दोनो पे अर्पित किया जाता है।

ये तो मेहनत पर निर्भर करता है कि

कौन किस पदवी का हक़दार होता है।

सदियों से चली आ रही है ये कहावत ,

" मेहनत का फल मीठा होता है "

जी जान लगा के तो देखो!

कुछ ना करने से बेहतर,

कुछ करना अच्छा होता है।

Happy Mangal

ओ बहना मेरी ओ बहन मेरी

झूठे थे वादे तेरे, झूठी थी कसमे तेरी

ओ बहना मेरी ओ बहना मेरी ।।

छोड़ के ना जाऊँगी तुझे ,बोला था तूने कभी,

ना जाने फिर क्यों ,एक दिन तू ससुराल चली ।।

जन्म देने वाली हम दोनों की माँ साथ है मेरे ,

फिर भी ना जाने क्यों कमी ख़लती है तेरी,

ओ बहना मेरी ओ बहना मेरी ।।

मज़ाक ही तो किया था बहना तू सच मे मुझे छोड़ चली,

पराया कर अपने छोटे भाई को पिया संग चली,

ओ बहना मेरी ओ बहना मेरी ।।

नहीं करता तुझसे लड़ाई ना ही तुझे सताऊँगा,

एक बार लौट के आजा बहना तुझे गले से लगाऊँगा ।।

ओ बहना मेरी ओ बहना मेरी,

झूठे थे वादे तेरे, झूठी थी कसमे तेरी ।।

ओ बहना मेरी ओ बहना मेरी ।।

Immature Soul

कुछ है जो कहना है तुम्हें

कुछ है जो कहना है
कुछ है मुझे जो तुमसे कहना है कुछ क़दम नहीं ताउम्र तेरे संग रहना हैं,

लिखना है तुझे हर ग़ज़ल मे अपनी
तेरी यादों मे मुझे बहना हैं,

हर ख़्वाब को सच करना हैं मुझे
हर ख़्वाब मे तुमको बुनना हैं मुझे,

कुछ क़दम नहीं ताउम्र मुझे एक तेरे साथ चलना हैं,
मुझे तुमसे कुछ कहना हैं।।

कुछ अच्छे पलो की याद लिए
हर ग़म को मुझको सहना हैं,

हो कितनी भी तकलीफ़ मुझे
एक तेरे साथ होकर उसमे भी मुझे हँसना हैं,

कहती है कलम कुछ ख़ास हो तुम
मुझे उस पर विश्वाश करना हैं..

चाहती तो नहीं तुम्हे लफ़्ज़ों मे क़ैद करना क्योंकि तुम उन लफ़्ज़ों की क़ैद
से आज़ाद ही अच्छे लगते हो,
तुम अपने हो अपनो से भी अपने लगते हो।।

कुछ कहना हैं तुमसे मुझे

Ipsita Panigrahi

ख़ूबसूरती की कहानी

यहाँ तो लोग दीवाने हैं बनावट के,
सादगी को कहाँ ले जाए हम।

ख़ूबसूरती तो यहाँ सूरत मे ढूँढते हैं,
सीरत को कहाँ ले जाए हम।

ख़ूबसूरती ना सूरत मे होती है,
और ना ही लिबास मे,
ख़ूबसूरती तो दिल की अच्छाई,
और मन की सच्चाई मे होती है।

ख़ूबसूरत है वह आँखे,
जो लोगों की खामियाँ नहीं खूबियाँ देख सके।
ख़ूबसूरत है वह होंठ,
जो अच्छी और मधुर वाणी कहते ना थके।

ख़ूबसूरत है वह हाथ,
जो किसी जरूरतमंद के काम आ सके।
ख़ूबसूरत है वह वाणी,

जो हर किसी के दिल को छू सकें।

ख़ूबसूरत है वह शब्द,

जो लोगों के चेहरें पर मुस्कान ले आए।

ख़ूबसूरत है वह कान,

जो लोगों की बुराइयाँ न सुन सके।

ख़ूबसूरत है वह दिल,

जो औरों के दिलों से जुड़ सके।

ख़ूबसूरत है वह इंसान,

जो अपनों की ख़ुशी के लिए,

अपनी हर ख़ुशी कुर्बान कर दे।

पर अफ़सोस,

आज के जमाने मे ख़ूबसूरती का,

अर्थ ही अलग हो चुका है।

चर्चे तो यहाँ ख़ूबसूरती के होते हैं,

पर ख़ूबसूरत इंसान ही कहीं खो से गए हैं।

बाहरी ब्याहाकृति तो,

बस एक भ्रम है।

सत्य जानना है,

अंदर झाँकना हमारा कर्म है।

ख़ूबसूरती तो संसार के कण-कण मे है।

हमे तो बस ख़ूबसूरत नज़रिए की ख़ोज है।

Jay D (Jeetender Singh RamGharia)

वक़्त

वक़्त के ख़्याल मे
ये वक़्त की जो वक़्त से
हुई ख़ुदाई है
दिल मे वक़्त ने
जो वक़्त से की
रुसवाई है
आज वक़्त ने ही की
मेरे वक़्त से जो आज़माईश है
बस यही वक़्त की वक़्त के साथ
वक़्त–ऐ–नुमाइश है

Kareena Verma

गलती :- मेरी बढ़ती आयु

गुज़र गया एक पल
फिर वहीं एक पल के बाद,
फिर आएगा वहीं समय,
हर एक उस पल के बाद,
चली जाएगी यार वो ! चली जाएगी !
हमेशा के लिए चली जाएगी !
जब उसे जाना ही है उस घर से,
तो क्यूँ उसको हर रोज़ ज़लील किया जाता है ।
तो क्यूँ उसको हर रोज़ अपशब्दों ,से प्रताड़ित किया जाता है।
तो क्यूँ हर रोज़ उसको "तू इस घर की नहीं है ठहराया जाता है",
सोलह ,अठारह या चौबीस-पच्चीस तक शायद,
या उससे भी ज्यादा कहा, अट्ठाइस- तीस आयु तक बस !
उसके बाद तो "वो तुम्हारे सर का बोझ बन जाएगी !
भरी समाज मे तुम्हारे परिवार का,
"नाक कटवाने का असल समझौता बन जाएगी" ।
जाने के बाद भी उसे कहाँ पता है,
जिस घर वो जा रही है , क्या पता, उसे वो अपना पाएँगे ।
फिर उसे भी वहाँ, अपने माँ-बाप के घर से आईं हैं ठहरायेंगे ।
सिर्फ़ चौबीस-तीस साल तक रहतीं हैं वो अपने घर,

माफ़ कीजियेगा अपने माँ-बाप के घर,

जीवनसाथी सही मिलें तो ठीक,

वरना तू लड़की है, यही बात ।

हर बार उसकी गलती है यही ठहराया जाएगा ।

अपने ज़िन्दगी का फैसला,

हमे लेना ख़ुद सीखना है,

कौन होते हैं दूसरें जो हमे, हमारे खुशियों के बारे मे बताएगें।

Krishna Motwani

फिर उठ जाओ

जो भी तुम्हारे साथ भूतकाल मे हुआ है वो भूल जाओ,
अपने क़दम आगे बढ़ाते जाओ।

नई कोशिशें करते जाओ,

ज़िन्दगी खुल के जीने का तरीक़ा सीख जाओ।

ना डरो तुम किसी से,
चलो शुरू करो अपनी ज़िन्दगी फ़िर से।

Mikma Tamang

Tere ishq mei

बस तुझे ही चाहते-चाहते हम बदनाम हो गए
तेरे इश्क़ की गलियों मे हम ग़ुमनाम हो गए
राहें तेरी तक़तें हैं हम हर रोज़
की तेरे इश्क़ मे हम नीलाम हो गए
की तूने ना किया कभी बातों से ज़िक्र मोहब्बत का
तेरे आँखों के पैग़ाम सारे हम ने पढ़ लिए
पल-पल, हर-पल तुझे ही चाहते रहे
की अब पूरी ज़िन्दगी को तेरे नाम कर दिया
तुझसे इश्क़ है पर ज़माने को तक़लीफ़ होती हैं
तू नाम जो ले मेरा दो बार धड़कन मेरी खोती है
तेरे इश्क़ मे हम बेइज़्ज़त हुए भी तो हुए बड़ी इज़्ज़त से ही
की अब दुनियादारी की बातें हमे लग रही झूठी है
सब ख़बर है तुझे पर तू बनती अन्ज़ान है
तेरे साथ नहीं बस तेरी निग़ाहें हमपे मेहरबान है
जो जगह दी है हमने तुझे मोहब्बत की किताब मे
वो किताब भी तेरे ही रहमान है
तेरे इश्क़ मे हमने लिखी कई दफ़ा है
की हर दफ़ा हर लेख मे तेरी ही इनायत होती है
होती है अगर कभी कुछ अलग मेरे उन लेखों मे
तो मिलती नहीं तू मुझसे बस यहीं शिकायतें होती है।

Mohd Sarim

इंसान का स्वरूप

मकानों के जंगल मे,
इंसान रूपी हैवान हैं।
क्या हो रहा संसार मे,
उन सब से वो अन्ज़ान हैं।

हर रोज़ छिनता है सुहाग,
हर पल है बुझता इक चराग़।
बस्ती की बस्ती विश्व मे,
अब हो रहीं सुनसान हैं।

चहूँ -ओर हैं बस वेदनाएँ,
हैं मर चुकीं संवेदनाएँ।
इंसाँ को ऐसे रूप मे,
सब देख कर हैरान हैं।

अपने पराए हो गए,
सपने अधूरे रह गए।
सब अपनी-अपनी सोच मे,
हैं भर चुके अभिमान है।

Mridula Arya

मंजिल-ए-मोहब्बत

न कर बयां, तू हाल-ए-दिल उससे अपना
जो टूट गया वो भी, फिर जोड़ने खुद को
तू किधर जाएगा,

था तन्हा जब वो राहों में, न थी हिम्मत दुनिया से लड़ने की
लड़ना सबसे सिखाया तुमने,
लड़खड़ाते कदम फिर चलते कैसे हैं
ये बताया उसको...।

तू कितना भी होता था परेशान, देख उसे हँस देता हर शाम
न हो कोई दुख कोई तकलीफ उसे, रहती बस ये फिक्र तुझे,
जीता तो हर शख्स यहाँ है, पर जीना कैसे
ये उसको सिखलाया तुमने...।।

देख तुझे जो जीती हर पल, है अडिग विश्वास तू जिसका
देख तेरी उम्मीदों को, उड़ती सपनों की उडान हर रोज नई...
आज जो टूटा है तू, कैसे कहेगा उससे
अंदर से तू घुट रहा, क्या-क्या बयां करेगा उससे...!

देख तुझे जो जीती हर दिन, देख उसमें ही अश्क खुद का
क्या उसकी मंजिल बनेगा तू,
क्या यूँ ही अपनी मुश्किलों को भूल
साथ उसका निभाता जाएगा...
जो टूट गया वो भी, फिर जोड़ने खुद को
तू किधर जाएगा...।।।

Navreet

माँ

रात को जो उठ-उठ कर तुम्हे सुलाए,
तुम्हे खाना खिला के ख़ुद भूखी सो जाए,
ऐसा प्यार सिर्फ माँ हीं कर पाए।
अपने बच्चों की ख़ुशी के लिए,
ख़ुद की ख़ुशी भूल जाए,
हम कितने ही बड़े हो जाए,
प्यार से हमे फिर भी सहलाए,
ऐसा प्यार सिर्फ माँ हीं कर पाए।
जीवन मे हमे सही राह दिखाए,
ग़लती पर भी प्यार से समझाए,
मरते- दम तक साथ निभाए,
ऐसा प्यार सिर्फ माँ हीं कर पाए।

Neha Yadav

अर्धनारीश्वर

सुनो सुनोगे क्या मेरी कहानी,
सुनाएगी आज ये क़लम अपनी ज़बानी |
जब धरती पर मैंने अस्तित्व था पाया,
देखो ना मेरे अपनों ने ही मुझे नहीं अपनाया |
परिवार ने तो मेरा नामकरण तक नहीं किया,
पर समाज ने बहुत प्यार से नाम दिया |
पैदा होते ही ये नन्हा शरीर अपनों से था बिछड़ा,
किसी ने कहा छक्का तो किसी ने कहा हिंजड़ा |
बचपन तो मेरा मज़ाक बनने मे ही निकला,
इस मासूम-सी शक़्ल पर भी कोई ना पिघला |
पूछना है मुझे आज ये आप सब से,
ज़ेहन मे है जो मेरे कब से |

आख़िर मैं भी तो हूँ इस समाज का हिस्सा,
फिर भी क्यों नहीं होता है मेरा किस्सा?
हाँ नाचने-गाने को हर कोई बुलाता है,
खुशियाँ लेकर ना जाने क्यों समाज रुलाता है?
माना ना हूँ मैं किसी की वधू ना हूँ किसी का वर,
पर मेरी ये है पहचान की मैं हूँ अर्धनारीश्वर |

मेरा तो गुमनाम ही हो जाता है अंतिम संस्कार,

आख़िर क्यों कर दिया जाता है मुझे इस समाज से बाहर?

Pragya Verma

परमेश्वर

तुमने ही बनाया यह पूरा जग,
कलाकार कहूँ या जादूगर ।
प्रकृति से लेकर इंसानों तक,
तुमने ही सबको जीवन दिया परमेश्वर।
रुप, रंग और श्वास दिया,
दिया हमे जीवन का आधार।
प्रेम, धर्म और ज्ञान दिया,
लेकर अलग-अलग अवतार।
तुम्हारी करुणा ही सुख है हमारा,
ना बनने देना तुम इस जीवन को भार।
अपना हाथ हम पर सदा रखना,
चाहे मुश्किलें आए हज़ार।।

Priyanshu Goyal

माँ

यह वहीं है जिसने तुम्हारे लिए 9 महीनों का दर्द है झेला,

कई सालों तक तुम्हें अपनी गोद मे है रखा,
एक पल उसकी आँखों से दूर नहीं होने दिया,
अपनी नींद बिगाड़ उसने तुम्हे चैन से है सोने दिया,
कहीं चोट लग जाए तो पहले रो के सीने से है लगती,
इतना ख़्याल रखती ये माँ हमारी।
अगर खाने मे कमी हो जाए, तो यही तो हैं जो ख़ुद का खाना दे हमारी भूख मिटाती।
किसी का सम्मान करो या ना करो पर अपनी माँ का कर देना क्योंकि यही तो ईश्वर की है प्यारी-सी माँ निशानी।

Raman Chhabra

Nazrana

तुमसे मिलने की ख़ुशी मे जान...
पूरी रात रोकर गुज़ार दी हमने.....
तुम मिले भी तो ख़्वाबों मे.....
तुम्हे पाने के लिए, एक उम्र सोकर गुज़ार दी हमने...

***

ये ज़ख्मों को ख़ुशी बता देते हैं...
हवस को मोहब्बत का नाम देते हैं...
एक रात हम-बिस्तर की चाह मे....
एक बेगुनाह ज़िन्दगी उजाड़ देते हैं....

***

तुम्हे हम-साया बनाया था जानम...
अब अपना साया भी दगा देता हैं क्या....
मेरे दिल को तुमने घर बनाया.....
रक़ीब के लिए कोई अपना घर छोड़ देता हैं क्या

***

Ravinder Sharma

गीली लकड़ी-सा इश्क़

गीली लकड़ी सा इश्क़ तुमने सुलगाया है

जलती आग चिता रख श्मशान बनाया है

दिये जलाकर वो मोम पिघलाया है

जफ़ा ज़ुल्म अन्याय कर सितम ढाया है

आग लगा मेरे घर मे तुमने, अपना घर बचा, मेरा घर जलाया है ।।।।

Riya Chaudhary

चीरहरण

सुनो तुमको एक बात है बतानी, बात ये है पुरानी
हुआ चीरहरण उसका, बदन पर न था वस्त्र उसका
वो कितना चिल्लाई होगी, दर्द से करहाई होगी
एक पल तुमको उस पर दया न आई, न दिखाई दी उसकी बेबसाई
फोन थामे रिकॉर्ड कैसे कर लेते हो यार, क्या ऐसे ही करते हो अपनी माँ-बहन से प्यार
सोचती हूँ बारे मे जब माँ-बाप के उसके, माँग रहे होते हैं जो न्याय की भीख सबसे
चुभन होती है सीने मे, इससे अच्छा है शाँति से मरने मे
पढ़कर खबर रूह मेरी काँप उठी, जो साहस करते हैं ऐसी दरिंदगी करने का
साँस उनकी क्यों नहीं चल बसी
किस्से हजार होंगे ऐसे, एक माह तक की बच्ची के साथ हुए हैं जैसे
ये खबरें यूँ ही दफन होंगी एक कोने मे जब तक गूँज न फैलाई जाएगी रोने मे,
बेटी हो चाहे वो किसी भी देश की पर न्याय रूपी दुआऐं मिलनी चाहिए उसे हर एक की।

Saanvi Tyagi

टूट के रह गया

ख़ुद को जाने ज़माना हो गया,
तीर तेरी आँखों का था,
और मैं निशाना हो गया !
तेरी मुस्कुराहट को देख के,
ना जाने कब मैं तेरा दीवाना हो गया !
आँखें टकराई आँखों से और,
माहौल आशिक़ाना हो गया !
मेरी छोटी सी बेरंग दुनिया का,
एक तू ही खज़ाना हो गया !
मोहब्बत को मेरी तू मज़ाक समझतीं रही,
मैं टूट के ऐसे बिखरा,,
मानो महफ़िल का तेरी कोई शामियाना हो गया !
तू रूह संग ले गयी अपने,
और मैं,
मैं ज़िंदा लाश-सा होकर रह गया !
जिन गलियों मे खुशबू थी तेरी,
उन्ही गलियों मे ना जाने कहाँ खो गया !
तेरी दुआ लेकर,

हर दर्द पे गया तेरा दीवाना,,

मेरी फ़रियाद सुनकर,

तेरा ख़ुदा भी रो गया !!

सुना था की लोग पराया कर जाते है,

देख ना,,

मैं तो ख़ुद से ही बेगाना हो गया !

ख़ुद से ही बेगाना हो गया !!!!

Sabbi Ansari

मज़हबी प्यार

उनका प्यार और मेरा इश्क़;
कुछ इसलिए भी अधूरा रह गया,
उन्हें शादी करनी थी,
और मुझे निकाह,
उन्हें फेरे लेने थे और
मुझे "कुबूल है" कहना था,
उन्हें हमे 'पत्नी' बनाना था,
और हमे उनकी 'शरीक-ऐ-हयात'
फिर से बाँट गया एक प्यार
धर्मों के बीच
एक अकेला प्यार और
इसके दुश्मन हजार
अब आप ही बताओ कैसे,
जीतेगा किसी का प्यार
मज़हबी झगड़ों मे
अक़्सर सच्ची मोहब्बत दम
ज्यादा करती है!

Saima Tasneem

आँसू

यह आँसू की टपकती बूंदे,
जो जज़्ब होती है तकिए पर।
एहसानमंद हूँ मैं इनकी,
जो कर देती है यह हल्का दिल को।

जब दर्द बढ़ जाता है हद से,
और कुछ समझ नहीं आता क्या करें।
यह आँसू की टपकती बूंदे,
बहा देती हैं सारे दर्द को।

जब होता है सामना नए ग़म से,
और हर तरफ उदासी का आलम होता है।
यह आँसू की टपकती बूंदे,
बह कर बुला लेती है नींद को।

हर मरहम से तो ये आँसू अच्छे,
ये बह कर सँभालते हैं मुझको।
एहसानमंद हूँ मैं इनकी,
जो कर देती है यह हल्का दिल को।

Saipragyan Das

जिन मे तुम थे

बुरे ही सही पर ख़ास थे,वो लम्हें

अधूरे ही सही पर पूरे थे वो लम्हें

जिनमे तुम थे

हर बार भटकते रहे

चंद लम्हों की खुशियों के लिए

उस भटकने मे कुछ लम्हें दिल के पास थे

जिन मे तुम थे

हम तो सबसे लड़ते रहे थे

उनके हर दर्द पर रोते थे

मेरे सपने भी बहुत ख़ास थे

जिन मे तुम थे

उनकी ख़ुशीयों मे शामिल हम कहाँ थे

हम उनके क़ाबिल ना थे

नफ़रत से दिल और आँखें मेरी भर आई थी

जब उनकी दी हुई तकलीफ़ याद आई थी

वो दिल के घाव भी कितने प्यारे थे

जिनमे तुम थे

जिनमे तुम थे

Sakshi Jain

इश्क़ का पहला इज़हार

इश्क़ का पहला इज़हार जब उनसे मिला

आँखे भर आयी और दिल मचल उठा

जिस्म से रूह तक जाने मे वक़्त लगेगा

पर अब जो भी हो सब तेरे साथ ख़ूबसूरत ही लगेगा

तू जान बनते-बनते अब मेरा जहाँ बनेगा

तू अल्फाज़ बनते-बनते अब पूरी किताब बनेगा

तू दोस्त बनते-बनते अब मेरी माँग का सिंदूर बनेगा

तू आस बनते-बनते अब मेरा एहसास बनेगा।।

Tulsi Mathur

हाँ!/माँ, मैं घर हूँ , सुरक्षित हूँ

वो पूछती है मुझसे क्या मैं ठीक हूँ ?
हाँ! माँ, मैं घर हूँ , सुरक्षित हूँ ।
कुछ गरीब किसानों की फसले नष्ट हुई,
तो वहीं एक माँ अपने बेटे की घर वापसी की आस लगाये चौखट पर बैठी है...
पर हाँ! माँ, मैं घर हूँ , सुरक्षित हूँ ।
वो राम था, एक किसान था,
उसे ना स्वर्ग के पितृ, रात की रोटी दे पाए,
ना दे पाए उसे एक सुरक्षित कल की सांत्वना;
वो बिस्मिल था, एक श्रमिक था,
कहाँ दे पाया उसका ख़ुदा उसे चैन की नींद कि उसकी
बिन जन्मी बेटी जो पले अपनी माँ की कोख़ मे, वो भी चले मीलों ,
चले उसकी अर्धांगिनी भी दूर;
हाँ! माँ, मैं घर हूँ , सुरक्षित हूँ ।
कुछ बेजुबां जाने हैं सड़क पर,
कदर किसी को नहीं क्योंकि ना मज़हब उनका कोई ना है उनका कोई ख़ुदा
पर थे कुछ मासूम जिन्हें मौत ने गले लगाया ,
थक हार कर, हताश, बैठे थे जो पटरी पर
उन्हे आखिर मृत्यु ने ही गले लगाया,
ले चली एक काल की ओर जहाँ मज़हब से उपर था एक न्यायधीश;

हाँ! माँ, मैं घर हूँ, सुरक्षित हूँ ।
जहाँ एक ओर गुहार कई सूनी, अनसुनी कर दी,
वहीं मज़ाक बना लम्बी कतारों का।
हाँ , वो कतारे थीं शराब की क्योंकि शराब ही है हुज़ूर जिसने मदहोशी भी दी
और सुकून भी,
पर आज भी ना देखा मज़हब उसने पीने वाले का।
हाँ ! मज़ाक बना उन पीड़ितों का, जिन्होनें नियम ना माने
जिन्होनें एक बोरी चावल कि कीमत चुकायी अपने लहू से
पर ऐसी भी क्या हताशा कि लहू के दाम बिका वो अनाज?
कोई ना ख़ड़ा हुआ, ना उठकर ख़ड़ा हुआ पड़ताल करने,
क्यूँ मासूमो कि चुप्पी आज हर कहीं सुनाई देती?
क्यूँ एक किसान आज ख़ुद का बोया ना काट पाया?
क्यूँ ग्रीष्म भी इन श्रमिकों के पग ना रोक पाया?
क्यूँ परिजनों को गले लगना भी नसीब ना हो पाया?
हाँ! माँ, मैं घर हूँ , सुरक्षित हूँ ।
आज देखा मैंने, सुनी एक विवाहित कि पीड़ा,
सहती है अपने शौहर का प्रहार।
आज देखा, पर कुछ दिखा नहीं ,
सुना, पर सुनाई कुछ दिया नहीं ।
शायद यही सीख दी है,
शायद यही विकल्प रहा है सदियों पुराना ;
आँखे मूँद ली, शायद कभी कोई और सुन ले उस पीडित का अफ़साना।
हाँ! माँ, मैं घर हूँ , सुरक्षित हूँ ।

वो जुम्ले भी करता है और देश का नायक भी कहलाता है,
वो चुप्पी भी साधता है और शेर की अनसुनी दहाड़ जैसा

गरजता भी है,
कभी मूँह पर अंबर बाँधता है,
कभी वही अंबर तले नागरिकों को अंधा करता है।
वो सदी का नायक, देश का महानायक बैठा है करे दिखे को अनदेखा
पर हाँ! माँ, मैं घर हूँ , सुरक्षित हूँ ।

Vipul Sharma

इश्क़

अपनी रूह मे तुमको कुछ ऐसे बसा लेंगे।

इश्क़ को,

इश्क़ से,

इश्क़ करना सीखा देंगे।

दूर हो चाहे जितना ये महसूस ना होगा कभी,

तुम्हारे रूह मे अपने इश्क़ की ऐसी मेहंदी लगा देंगे।

हमे छोड़ने का ख़्याल कभी दिल मे ना ला पाओगे।

तुम्हारे रूह को ईश्वर की ऐसी रिश्वत खिला देंगे।

www.ingramcontent.com/pod-product-compliance
Lightning Source LLC
LaVergne TN
LVHW042052051026
849517LV00012B/982